GARDE NATIONALE DE PARIS,

9e LÉGION.

LETTRE

DES QUATRE TÉMOINS,

DE LA NAISSANCE

DE S. A. R. Mgr.

LE DUC DE BORDEAUX.

PARIS,

Chez ALLAIS, Libraire, rue Guénégaud, nº 16.

LETTRE

DE

MM. TRIOZON-SADOURNY, PEIGNÉ, DAUPHINOT ET LAINÉ,

GRENADIERS DU 4e BATAILLON DE LA 9e LÉGION,

DU 3 OCTOBRE 1820,

A

M. LE VICOMTE HÉRICART DE THURY,

COLONEL DE LA 9e LÉGION, MAÎTRE DES REQUÊTES, MEMBRE DE DE LA CHAMBRE DES DEPUTES, OFFICIER DE LA LÉGION D'HONNEUR,

SUR

LA NAISSANCE

DE S. A. R. Mgr

HENRI-CHARLES-FERDINAND-DIEUDONNE D'ARTOIS,

DUC DE BORDEAUX,

LE 29 SEPTEMBRE 1820.

PARIS,

DE L'IMPRIMERIE DE J. GRATIOT.

1821.

I.

LETTRE

DE

S. E. Mgr LE CHANCELIER DE FRANCE,

A M. le Vicomte HÉRICART DE THURY,

MAÎTRE DES REQUÊTES, COLONEL DE LA 9e LÉGION DE LA GARDE NATIONALE DE PARIS.

Paris, 7 octobre 1820.

Monsieur le Vicomte,

J'ai porté au Roi, comme nous en étions convenus, la lettre qui vous a été adressée par les Grenadiers de votre Légion, témoins de la naissance de Mgr. le Duc de Bordeaux. Sa Majesté m'en a demandé l'analyse; j'étais en état de la faire de mémoire, ayant lu avec trop d'intérêt des détails si attachans, pour ne les avoir pas très-présens à l'esprit. Sa Majesté n'a pu qu'applaudir aux sentimens qu'expriment avec tant de franchise et de naïveté, les braves Grenadiers qui attachent un si grand prix aux moindres circonstances dont ils ont été témoins. Comme cette narration concorde parfaitement avec le procès verbal authentique que j'ai dressé par ordre du Roi, j'ai assuré Sa Majesté qu'elle contenait très-exactement les mêmes faits. Le Roi, d'après cette assurance, en me permettant de vous autoriser, Monsieur, à donner à cette pièce la publicité que vous jugerez convenable, m'a expressément chargé de vous dire qu'il s'en rapportait entièrement à vous, à cet égard, comme sur le zèle et le dévouement dont vous lui avez donné tant de preuves.

Agréez, M. le Vicomte, l'assurance de ma haute considération et de mon inviolable attachement.

Le Chancelier de France,

DAMBRAY.

II.

TRIOZON-SADOURNY, Capitaine des Grenadiers du 4e Bataillou de la 9e Légion, PEIGNÉ, premier Sous-Lieutenant des Grenadiers du 4e Bataillon, DAUPHINOT, Sergent des Grenadiers du 4e Bataillon, LAINÉ, Grenadier du 4e Bataillon,	TÉMOINS de LA NAISSANCE de S. A. R. Mgr. le Duc DE BORDEAUX.

A M. le Vicomte HÉRICART DE THURY,

COLONEL DE LA 9e LÉGION DE LA GARDE NATIONALE DE PARIS.

Monsieur le Colonel,

Pour répondre à votre demande, nous soussignés, nous sommes réunis à l'effet de nous rappeler tous les faits, circonstances et particularités, dont nous avons été témoins lors de la naissance de Mgr. le Duc de Bordeaux ; et nous nous empressons de vous en adresser la relation la plus fidèle.

Le 28 septembre 1820, un détachement de Grenadiers du 4e Bataillon de la 9e Légion, qui devait occuper, ce jour-là, le poste d'honneur assigné à la Garde nationale de Paris, au palais des Tuileries, s'y rendit, commandé par M. Rossigneux. chef dudit bataillon, et accompagné de MM. Billion, Major de ladite Legion, et Moulis, Adjudant-Major du 4e Bataillon.

Ce détachement se composait de MM. Triozon-Sadourny (1), Capitaine; Peigné, premier Sous-Lieutenant; Georges, Sergent; Dauphinot, Sergent; Lutton, Caporal; Aubertin, Caporal; Gissey, Caporal; Jacquemard, Caporal; Quinard, Pigeon, Duteil, Pierson, Lainé, Chollet, Pelletier, Populus, Difortin, Baron, Cochois, Neveu, Déal, Debuigny, Quennehen, Chamouton, Guyard, Matifat, Chérin, l'Enfant, Verdier, Lebrun, Devilliers, Royer, Echevilliers, Liermet, Schmidt, Plassais, tous Grenadiers.

Ils eurent l'honneur d'être passés en revue par S. A. R. Mgr. le Duc d'Angoulême, qui daigna demander à M. Triozon-Sadourny, Capitaine, si c'était au Palais qu'il était de garde; et sur sa réponse affirmative, Son Altesse Royale, voulut bien lui en témoigner sa satisfaction. Ce

---

(1) Ordres du jour de la 9e Légion de la Garde nationale de Paris, des 30 septembre et 1er octobre 1820; Paris, imprimerie de Crapelet.

détachement était alors loin de s'attendre à l'honneur insigne que cette garde devait lui procurer.

Le 29, à deux heures du matin, le grenadier Lainé fut mis en faction à la porte extérieure du pavillon Marsan. Peu de temps après, il s'aperçut qu'il y avait un grand mouvement dans l'intérieur; et, au même moment, une Dame vêtue de noir vint le presser de quitter son poste et de la suivre: sur l'observation qu'il lui fit, qu'il ne pouvait, sans se compromettre, abandonner le poste qui lui était confié, elle lui réitéra l'invitation de la suivre, en lui disant: « Factionnaire, la Duchesse de Berry accouche, « c'est pour servir de témoin. » Et en même temps elle pria le garde royal qui était également en faction avec lui, de répondre, en cas de demande, qu'il avait été requis *par ordre*, de monter au Palais. Sans y réfléchir davantage, le sieur Lainé remit son fusil au garde royal, suivit cette Dame, et, après avoir traversé avec elle plusieurs pièces en courant, il se trouva près du lit de Son Altesse Royale.

Voici un témoin, s'écria la Dame qui l'avait amené; *c'est le factionnaire de la Garde nationale*. Il trouva auprès de la Princesse M. Deneux, son accoucheur, à demi habillé; et, dans la même pièce, une personne qui lui a été désignée depuis comme médecin, et plusieurs autres Dames qui allaient et venaient avec empressement.

Aussitôt que Madame la Duchesse eut aperçu le sieur Lainé, elle le pressa de vérifier avec soin le sexe de l'enfant; *voyez*, lui dit-elle, *Monsieur, c'est bien un garçon ;* et, en même temps, l'accoucheur lui fit remarquer que le cordon ombilical n'était point coupé, et que ledit enfant tenait encore à sa mère; ce qu'il vérifia et reconnut en effet. Une Dame vêtue de blanc, et qu'il a su depuis être Madame la Vicomtesse de Gontaut-Biron, vint se féliciter avec lui d'un événement aussi heureux, et lui témoigna sa joie, en lui donnant les mains à plusieurs reprises : le hasard lui ayant fait jeter les yeux sur la pendule, il remarqua qu'elle indiquait deux heures trente-cinq minutes.

Au même instant est arrivé un officier de la Garde Royale : M. Deneux lui fit observer qu'il était de la Maison, et qu'il ne pouvait être présentement témoin; mais que le service le plus important qu'il pouvait rendre, était d'aller promptement chercher M. le Maréchal Duc d'Albufera.

MM. Peigné, Sous-Lieutenant, et Dauphinot,

arrivèrent ensuite, ayant été avertis, ainsi qu'il va l'être dit. A deux heures trente minutes environ, le sieur Peigné venant de terminer sa ronde, était à fumer un cigarre devant la porte du poste de la Garde nationale, auprès de M. Pierson, marchand de meubles, alors en faction, lorsqu'un officier accourut à lui ; ce dernier, qui était à demi habillé, et la tête encore coiffée d'un mouchoir, lui dit d'une voix très animée : *Monsieur, vîte, deux gardes nationaux pour servir de témoins ; dépêchez-vous, il n'y a pas un instant à perdre.*

M. Peigné lui demanda s'il fallait deux simples grenadiers? Cet officier lui répondit que cela n'y faisait rien ; qu'il pouvait venir lui-même, s'il voulait, et appeler avec lui un autre garde national. A ces mots, ledit sieur Peigné rentra au poste, appela M. Dauphinot, sergent de garde, le pressa de le suivre, et, en même temps, s'élança dans la chambre des officiers, où se trouvait M. Triozon-Sadourny occupé à lire ; il y prit son bonnet à poil, redescendit promptement, en appelant une seconde fois le sieur Dauphinot ; il rejoignit l'officier qui était venu le requérir et qui était resté en dehors du poste, près du factionnaire ; il le suivit, et tous deux traversèrent la cour des Tuileries : à moitié chemin, ils furent rejoints par le sieur Dauphinot, et arrivèrent au Pavillon-Marsan, où les sieurs Peigne et Dauphinot remarquèrent, non sans beaucoup d'inquiétude, un grand mouvement et une grande agitation parmi les gardes et les domestiques.

Ils avaient à peine monté quelques marches d'un escalier, qu'une Dame vêtue de blanc vint à eux, leur prit la main, et en les entraînant avec elle, s'écria : *ces Messieurs sont les témoins ; venez vîte, nous vous attendons.*

Ils arrivèrent auprès d'un lit sur lequel était couchée une Dame qu'ils reconnurent bientôt pour S. A. R. Madame la Duchesse de Berry.

Voilà Messieurs les Gardes Nationaux qui seront témoins, lui dit la Dame qui les avait amenés, et qu'ils surent depuis être Madame de Gontaut-Biron.

Aussitôt Son Altesse Royale leva elle-même le drap qui la couvrait, et leur montrant l'enfant qu'elle venait de mettre au monde, elle dit au sieur Peigné : *Monsieur l'Officier de Garde nationale, voyez si c'est bien un garçon.*

Ce dernier examina l'enfant, et répondit à la Princesse : *mais, Madame, il n'y a pas le moindre doute*. L'enfant tenant à sa mère était, dans ce moment, couché sur le dos.

Les sieurs Peigné et Dauphinot remarquèrent alors, pour la première fois, le sieur Lainé qui leur apprit plus tard comment il se trouvait là.

Dans le même moment, M. Deneux prit le cordon ombilical et leur dit a tous : *Messieurs, vous voyez que le cordon est bien entier et que l'enfant tient encore à sa mère.* Pour ne leur laisser aucun doute, il développa la longueur du cordon, en exerçant une sorte de tension vers le *placenta*. M. Deneux s'étant de nouveau assuré que les témoins avaient bien reconnu le sexe et la naissance légitime de l'enfant, il demanda à la mère la permission de la delivrer entièrement; mais Son Altesse Royale s'y refusa encore, en disant qu'elle voulait qu'on attendît au moins l'arrivée de Mgr. le Maréchal Duc d'Albufera, l'un des témoins désignés par Sa Majesté, qu'on était allé chercher.

Tout en nous parlant, Son Altesse Royale, qui montrait le plus grand calme, paraissait souffrir beaucoup, et nous la voyions sans cesse se frictionner, probablement à cause des douleurs qu'elle eprouvait.

En attendant l'arrivée de M. le Maréchal, nous nous occupâmes de divers détails de ménage; pendant que l'un de nous fit le feu, les autres veillaient aux mouvemens ou se chargeaient de nous transmettre les demandes.

Nous débarrassâmes ensuite la chambre de la Princesse de plusieurs meubles inutiles, tels que fauteuils, toilettes, tables que nous portâmes dans la pièce voisine, ou que nous plaçâmes derrière les rideaux, dans l'embrâsure de la croisée.

Après ces divers détails, nous nous rapprochâmes du lit de la Princesse. Une de ses Dames apporta alors et posa sur une table, un vase de la hauteur de six à huit pouces, couleur fauve, ayant un couvercle et une petite anse. Le sieur Peigné vit une gousse d'ail dans ce vase, qu'on lui a dit depuis avoir servi à notre bon Roi Henri IV, et avoir été envoyé de Pau. Au moment où cette Dame l'ouvrit, Son Altesse Royale dit : *surtout n'oubliez pas le vin.*

C'est à ce moment à peu près, qu'arriva Mgr. le Duc d'Albufera. A peine sa présence fut-elle annoncée, que Son Altesse Royale dit, en se découvrant de nouveau : *Vous voyez, Monsieur le Maréchal, que l'enfant me tient encore, et que je n'ai pas voulu que l'on coupât le cordon avant votre arrivée.*

M. Deneux fit constater par M. le Maréchal

les faits déjà reconnus par les gardes nationaux, appelés comme témoins par la Princesse ; et M. le Duc d'Albufera ayant dit qu'il reconnaissait que l'enfant n'était point détaché de sa mère, et qu'il était du sexe masculin, M. Deneux se mit en devoir de délivrer son Altesse Royale.

Lors de cette opération, tous les témoins se trouvaient placés autour du lit de la Princesse ; à sa gauche le sieur Lainé, M. Dauphinot ensuite, puis M. Deneux, M. Peigné derrière ; ce dernier se trouvait au pied du lit et à côté de la table de nuit, sur laquelle était une lumière qu'il remit au sieur Dauphinot, afin qu'il éclairât M. Deneux au moment où il opéra la section du cordon ombilical. Leur attention étant tout entière à l'objet qui les occupait, les soussignés n'ont point remarqué comment se trouvaient placées les autres personnes qui étaient dans la même pièce.

Après l'opération l'enfant fut remis entre les mains d'une Dame, qui le porta près du feu, où il reçut de Madame la Vicomtesse de Gontaut les premiers soins qui lui étaient nécessaires.

Le sieur Triozon-Sadourny, Capitaine, qu'un Garde du Corps de MONSIEUR avait été requérir comme Chef du poste, arriva au moment où M. Deneux venait de remettre l'enfant à Madame de Gontant. Il l'examina avec soin et en vérifia aussi le sexe, qu'il reconnut être masculin.

Dès ce moment les Gardes nationaux qui déjà s'étaient éloignés du lit de Son Altesse Royale, ne s'en rapprochèrent plus ; ils voulaient même se retirer entièrement, mais on les invita à rester, en les prévenant que leur témoignage était nécessaire.

Ils restèrent d'après cette invitation, et ils eurent le bonheur d'être les premiers témoins de tous les tableaux de famille et de toutes les scènes touchantes qui se passèrent successivement à l'arrivée de S. A. R. MONSIEUR, de LL. AA. RR. Monsieur le Duc et Madame la Duchesse d'Angoulême qui le suivirent de près, et enfin, à l'arrivée de SA MAJESTÉ.

Ils furent les premiers que MONSIEUR aperçut en entrant dans la chambre de l'accouchée. S. A. R. accourut à eux, les félicita, et en leur donnant la main, elle leur exprima non-seulement sa joie d'un événement aussi heureux, mais encore sa satisfaction qu'ils en eussent été les premiers témoins. Ils reçurent de LL. AA. RR. Monsieur et Madame la Duchesse d'Angoulême, les mêmes témoignages de bonté et les mêmes félicitations. LL. AA. RR. voulurent bien à plusieurs reprises leur répéter qu'ils étaient non-seulement les premiers témoins, mais encore les *témoins nécessaires* de ce grand événement.

Lors de l'arrivée de Sa Majesté, ils eurent l'honneur de lui être présentés, et ils en reçurent l'accueil le plus gracieux et le plus favorable.

Quand on transporta l'enfant de la bibliothèque, où il était, dans le grand salon, S. A. R. MADAME, Duchesse d'Angoulême, nous engagea à le suivre et nous dit : *Suivez, Messieurs les témoins, suivez votre enfant.*

Ils furent encore les témoins de l'alégresse extraordinaire de tous ceux qui furent admis à voir le jeune Prince et ses augustes parens.

Et ils ont même peine à se persuader que ce n'est point un songe, quand ils se rappellent d'avoir vu la foule qui se précipitait pour jouir du bonheur de voir *l'enfant à tous ;* et au milieu de cette foule, des Princes et une Princesse s'empressant d'engager chacun à le contempler librement. C'est particulièrement dans ces momens d'abandon, que LL. AA. RR. prenaient un vrai plaisir à désigner elles-mêmes à tout le monde les Gardes nationaux qui avaient joui les premiers du bonheur de voir le jeune Prince.

Ils ne sauraient rendre la touchante confusion qu'ils remarquèrent dans les appartemens : rangs, dignités, étiquettes, tout avait disparu pour faire place à une confiance sans borne, à une joie sans mélange. Dans cette espèce de délire, soldats, généraux, grands dignitaires, tous se coudoyaient sans distinction, pour arriver plutôt auprès de l'auguste nouveau-né.

Sans doute il leur serait difficile de bien dépeindre le bonheur que chacun paraissait éprouver dans ces momens; mais il leur serait tout-à-fait impossible de bien exprimer toute l'ivresse dont ils se sentirent transportés, en voyant LL. AA. RR. oublier ainsi leur rang et descendre jusqu'à eux, pour se féliciter avec eux du bienfait que la Providence venait d'accorder à la France. Rien ne saurait égaler l'enthousiasme dont ils se sentent et se sentiront toujours transportés au souvenir de cet heureux événement, si ce n'est toutefois leur profonde reconnaissance et leur sincère amour pour des Princes qui ont bien voulu leur prodiguer des témoignages aussi éclatans de leur bienveillance.

A cinq heures du matin environ, ils quittèrent les appartemens, et se rendirent sur l'invitation qu'ils en reçurent, auprès de S. Exc. Mgr. le Chancelier, entre les mains duquel ils firent leurs déclarations. A neuf heures, on les rappela pour en entendre la lecture.

A midi et demi ils montèrent dans la salle des Maréchaux, pour y attendre le moment où ils seraient admis à l'honneur de signer leurs déclarations, ainsi que Mgr. le Chancelier les en avait prévenus; et ils reçurent encore dans cette salle un nouveau témoignage de la bienveillance dont ils n'ont cessé d'être honorés par LL. AA. RR.

Madame la Duchesse d'Angoulême, qui précédait SA MAJESTÉ au retour de la messe, les ayant aperçus, eut la bonté de les faire remarquer à la Dame d'honneur qui était près d'elle, en disant : *Voici les Gardes nationaux qui ont été témoins.*

Peu de temps après, un officier supérieur vint les chercher pour la signature.

Après avoir traversé la salle du Trône, qui était remplie de personnages de la plus haute distinction, ils furent admis dans le cabinet de SA MAJESTÉ.

Le ROI était assis près d'une table et entouré des Princes et Princesses de sa famille et des Grands Dignitaires de la Couronne.

Mgr. le Chancelier se plaça près du ROI et fit la lecture du procès verbal.

Au moment où il en fut aux déclarations des témoins, S. Exc. les fit approcher tous quatre et placer devant SA MAJESTÉ. Madame la Duchesse d'Angoulême eut l'extrême bonté de les présenter elle-même.

Après la lecture des déclarations et de l'acte

de naissance, Mgr. le Chancelier demanda à SA MAJESTÉ si elle voulait signer les actes. Le ROI répondit : *Faites signer les témoins*. Les soussignés passèrent alors auprès de SA MAJESTÉ et signèrent leurs déclarations.

Tels sont, Monsieur le Colonel, les détails que vous nous avez demandés. Il nous serait impossible de vous rendre compte de l'émotion et des sentimens que nous avons éprouvés dans cette dernière circonstance; mais nous pouvons vous assurer que nous étions entièrement hors de nous-mêmes en apposant nos signatures, et qu'il en était de même des Grands Dignitaires qui ont signé après nous.

SA MAJESTÉ, en se retirant, a daigné nous donner de nouveaux témoignages de satisfaction et de bienveillance.

Nous sommes, avec un profond respect,

MONSIEUR LE COLONEL,

Vos très-humbles et très-obéissans serviteurs,

Les Grenadiers de la 9e Légion de la Garde nationale de Paris, témoins de la naissance de S. A. R. Mgr. le DUC DE BORDEAUX,

TRIOZON-SADOURNY, A. PEIGNÉ, DAUPHINOT, LAINÉ.

Le mardi, 5 octobre 1820.

III.

En remettant à Mgr. le Chancelier de France la lettre de MM. Triozon-Sadourny, Peigné, Dauphinot et Lainé, M. Héricart de Thury en présenta également une expédition à S. A. Monsieur, pour la mettre sous les yeux de S. A. R, Madame la Duchesse de Berry.

Monsieur, en lui témoignant peu de jours après, l'intérêt avec lequel Son Altesse avait lu la lettre des quatre témoins de la naissance de Monseigneur le Duc de Bordeaux, dit à M. Héricart de Thury, qu'elle apprendrait avec plaisir la publication de cette lettre, qu'elle savait que Sa Majesté avait déjà autorisée.

IV.

Le 11 octobre, MM. Triozon-Sadourny, Peigné, Dauphinot et Lainé reçurent chacun un billet conçu, ainsi qu'il suit (1) :

« Madame la Duchesse de Berry désirant que

(1) Ordre du jour de la 9e Légion, du 14 octobre 1820, par M. le chevalier Debrioude, Lieutenant-Colonel Commandant. Paris, Delaguette, imprimeur; 1820.

« MM. les Officiers et Gardes nationaux qui « ont servi de témoins à la naissance de Mon- « seigneur le Duc de Bordeaux, fussent les « premières personnes reçues par elle, a chargé « Madame la Duchesse de Reggio de prévenir « M.   que Son Altesse Royale le rece- « vrait le dimanche 15 du mois à une heure.

Paris, 11 octobre 1820.

V.

Conformément à la lettre ci-dessus, les quatre témoins de la naissance de S. A. R. Monseigneur le Duc de Bordeaux, eurent en effet l'honneur d'être présentés les premiers, le dimanche 15, à S. A. R. Madame la Duchesse de Berry, qui daigna les accueillir avec autant d'affabilité que de bonté. Son Altesse qui était sur une chaise longue, leur présenta elle-même, avec la plus grande émotion, Monseigneur le Duc de Bordeaux qu'elle tenait dans ses bras. M. Trio-zon-Sadourny profita de ce moment, et dit en s'avançant :

Princesse,

« Nous n'aurons devant Votre Altesse d'autre « langage que celui de nos cœurs. Ils sont trop

« pleins de sentimens qu'aucune expression ne « peut rendre. La circonstance dans laquelle « nous nous trouvons est nouvelle dans l'his- « toire de la Patrie.

« De simples péres de famille, des Gardes « nationaux assistent, par une faveur inatten- « due, à la naissance de l'héritier du trône ; et « aujourd'hui encore vous voulez qu'ils soient « les premiers à jouir de votre aspect et à con- « templer l'auguste enfant, sur qui reposent de « si grandes espérances.

« En vous offrant nos profonds respects et « nos vœux les plus ardens, nous ne craignons « pas d'être désavoués ; ce sont les respects et « les vœux de la Garde nationale tout entière, « l'un des plus fermes appuis du trône et de « cette belle Couronne de France, auxquels « vous venez d'ajouter tant d'éclat et tant de « garanties pour l'avenir. »

VI.

Le dimanche suivant, 22 octobre, MM. Trio-zon-Sadourny, Peigné, Dauphinot et Lainé eurent l'honneur d'être présentés à S. A. R.

Monsieur. Après les avoir accueillis avec les témoignages de la bonté la plus touchante, Son Altesse leur remit à chacun, avec cette grâce qui lui est si familière, une magnifique boîte d'or, du travail le plus précieux, ornée du portrait de S. A. R. Madame la Duchesse de Berry, avec cette inscription :

« Donnée par LL. AA. RR. Monsieur, « Madame la Duchesse de Berry, et Mgr. le « Duc de Bordeaux,

« A M...

« comme souvenir de la matinée du 29 sep- « tembre 1820. »

VII.

MM. Triozon-Sadourny, Peigné, Dauphinot et Lamé, ayant sollicité l'honneur d'être admis auprès de S. A. R. Madame la Duchesse de Berry, pour lui exprimer leur respectueuse reconnaissance de la faveur qu'ils avaient eue de recevoir son portrait des mains de Monsieur, ils obtinrent le dimanche 29 octobre une audience particulière de Son Altesse.

M. Dauphinot, en s'adressant à Son Altesse Royale, lui dit, au nom des quatre témoins :

Madame,

« Votre Altesse Royale a mis le comble à
« notre bonheur, au bonheur de nos familles,
« en nous accordant la faveur inappréciable de
« recevoir son portrait, en nous permettant de
« contempler, chaque jour, à chaque instant,
« les traits d'une Princesse si chère à tous les
« Français.

« Si nous nous sommes permis, Madame, de
« solliciter de Votre Altesse Royale, la faveur
« d'une nouvelle audience, ce n'est pas seule-
« ment pour déposer à ses pieds l'hommage
« respectueux de notre profonde reconnais-
« sance, pour les bontés dont elle daigne nous
« honorer; c'est aussi, Madame, pour être au-
« près de Votre Altesse Royale les fidèles
« interprètes des sentimens d'amour et de véné-
« ration dont se sentent pénétrés pour elle nos
« parens les plus chers, nos amis les plus in-
« times, et surtout, Madame, notre Légion
« tout entière, qui partage notre bonheur et
« notre dévouement sans bornes. »

Touchée des sentimens que venait de lui exprimer M. Dauphinot, Madame la Duchesse de Berry répondit par des paroles pleines de bonté, et daigna assurer MM. Triozon-Sadourny, Peigné, Dauphinot et Lainé, qu'elle n'oublierait jamais les quatre témoins de la naissance de Monseigneur le Duc de Bordeaux.

VIII.

Extrait de l'ordre du jour de Monsieur le Chevalier Debrioude, Lieutenant-Colonel, commandant la 9e. légion, le 14 octobre 1820 (1).

MM. les Officiers, Sous-Officiers et Gardes nationaux de la 9e. légion se sont réunis le 14 octobre 1820, pour célébrer, dans un banquet, la naissance de Monseigneur le Duc de Bordeaux.

M. le Chevalier Denise, Maire de l'arrondissement, et MM. Pantin et Duchanoy, adjoints, ont assisté à cette fête de famille, que la Legion donnait à MM. Triozon-Sadourny, Peigné, Dauphinot et Lainé, qui ont eu le bonheur d'être les premiers témoins de l'heureux événement qui vient de fixer nos destinées.

L'union intime qui règne dans la légion, un

---

(1) Paris, chez Delaguette, imprimeur; 1820.

abandon vraiment fraternel, et une franche gaieté ont fait les délices de la soirée.

Les toast ont été portés au Roi, à la Famille Royale, à S. A. R. Mgr. le Duc de Bordeaux, et accueillis avec des transports difficiles à décrire.

A l'instant de porter la santé de la jeune et courageuse Princesse, qui a réalisé toutes nos espérances, M. Dauphinot s'est exprimé ainsi :

« Au nom de mes camarades, qui ont parta-
« gé avec moi le bonheur d'assister à la nais-
« sance de Mgr. le Duc de Bordeaux, je
« vous demande la permission de porter une
« santé.

« A son Altesse Royale Madame la Du-
« chesse de Berry.

« Témoins de son courage héroïque,

« Témoins de sa joie toute française,

« Témoins de l'ivresse de son auguste
« famille.

« Puissions-nous, Messieurs, faire passer
« dans vos cœurs, puissions-nous faire
« passer dans les cœurs de tous les Fran-
« çais, tout ce qu'un si grand spectacle

« nous a inspiré d'amour, de vénération « et de dévouement!!!

« Puisse l'amour des Français pour son « auguste fils, être la récompense de son « noble courage, comme leur bonheur en « sera le fruit ! »

La santé de S. E. Mgr. le Maréchal commandant en chef la Garde nationale a été portée avec cet enthousiasme qui est si naturel à tous ceux qui sont sous ses ordres.

Des couplets ont été chantés par MM. Rossigneux, Billion, Delamarre et Deloyne, officiers de la légion. Ils respiraient l'amour le plus vif pour la famille des Bourbons, et l'alégresse générale causée par la naissance du Prince qui vient soutenir l'antique dynastie de nos Rois.

La 9e légion a manifesté dans cette circonstance les sentimens français dont elle a toujours été et ne cessera jamais d'être animée.

IX.

MM. Triozon-Sadourny, Peigné, Dauphinot et Lainé ayant, à l'occasion du nouvel an, sollicité la faveur d'être admis à présenter leurs respectueux hommages à S. A. R. Madame la duchesse de Berry et à Mgr. le Duc de Bordeaux, Son Altesse leur fit savoir qu'elle les recevrait en audience particulière.

Ayant été, en effet, admis, par faveur spéciale, le 1er janvier, auprès de son Altesse qui ne recevait personne, M. Peigné, interprète des sentimens des quatre témoins de la naissance de Mgr. le Duc de Bordeaux, dit, en s'adressant à son auguste mère :

MADAME,

« La bonté avec laquelle votre Altesse Royale « a daigné nous accorder la faveur de lui être « présentés dans cette occasion, est pour nous « un nouveau bienfait dont nous sentons tout le « prix.

« Que votre Altesse Royale daigne nous « permettre, Madame, de déposer à ses pieds le « faible hommage de notre profond respect et « des vœux ardens que nous ne cessons de faire « pour son bonheur et la gloire de son auguste « famille. Nous la supplions d'agréer nos vœux « comme l'expression fidelle de notre sincère « amour, et de notre reconnaissance sans bornes

« pour les bontés dont elle a bien voulu nous « honorer jusqu'à ce jour. »

Vu par le Colonel de la 9e Légion de la Garde nationale de Paris, Maître des Requêtes, Membre de la Chambre des Députés,

Le Vicomte HÉRICART DE THURY.

Paris, 1er janvier 1821.

www.ingramcontent.com/pod-product-compliance
Ingram Content Group UK Ltd.
Pitfield, Milton Keynes, MK11 3LW, UK
UKHW020444220726
13923UKWH00005B/2324